돈키호테

피치마켓 서른일곱 번째 이야기
돈키호테

초판 발행   2024년 6월 10일

원   작   미겔 데 세르반테스
번   안   피치마켓
기획·그림   유선민
감   수   피치마켓 프렌즈
디 자 인   피치마켓

발 행 인   함의영

주   소   서울시 강남구 테헤란로33길 18, 6층
전   화   02) 3789-0419
이 메 일   peachmarket@peachmarket.kr
홈 페 이 지   www.peachmarket.kr

I S B N   979-11-92754-37-6

본 도서는 느린학습자를 위한 맞춤형 기능성 폰트인 피치마켓체로 제작되었습니다.

ⓒ 2024 피치마켓
본 도서의 내용 및 디자인의 저작권은 피치마켓에 있습니다.
이 책은 저작권법에 따라 보호받는 저작물이므로, 무단 전재 및 무단 복제를 금합니다.

피치마켓은 쉬운 글 콘텐츠 브랜드입니다.

나오는 사람들

돈키호테

산초

돈키호테의 친구들

로시난테 　　　　　여관 주인

하얀달 기사

스페인의 시골에 알론소 키하다라는 귀족이 있었어.

알론소는 나이가 많은 할아버지였지.

알론소는 기사 소설을 좋아했어.

기사 소설은 기사가 여행하는 이야기야.

기사는 싸우는 방법을 배워서

전쟁에서 싸우는 사람이야.

알론소는 매일 기사 소설을 읽었어.
어느 날, 알론소는 기사가 되고 싶었어.

'오늘부터 내 이름은 돈키호테 데 라만차야!
나도 기사가 될 거야.
소설에 나오는 기사처럼
나도 모험을 떠나야겠어!'

돈키호테는 생각했어.

'기사 소설에 나오는 기사들은
아름다운 아가씨를 모시면서 살아.
나도 기사니까 아름다운 아가씨를 모셔야 해.'

돈키호테는 어떤 아가씨를 모셔야 할지 고민했어.
돈키호테는 어렸을 때 짝사랑했던 아가씨가 떠올랐어.
아가씨의 이름은 알돈사 로렌소였어.
돈키호테는 말했어.

"그녀를 둘시네아 델 토보소라고 부르겠어.
나는 그녀를 위해 모험을 떠날 거야!"

돈키호테는 갑옷을 입고 마구간에 갔어.

마구간에 비쩍 마르고 늙은 말이 있었어.

돈키호테는 말에게 로시난테라는 새 이름을 주었어.

돈키호테는 생각했어.

'로시난테, 너는 정말 멋진 말이야.

우리 함께 멋진 여행을 떠나자!'

돈키호테는 로시난테를 타고 여행을 떠났어.
여행을 하다가 돈키호테는 여관에 도착했어.
돈키호테는 여관을 보고 말했지.

"아주 멋진 성이구나!"

돈키호테는 여관 주인을 성주라고 생각했어.

"성주님, 저는 기사가 되려고 여행을 하고 있어요.
저는 아직 기사로 인정을 받지 못했습니다.
성주님이 저를 기사로 인정해 줄 수 있나요?"

여관 주인은 생각했어.

'이상한 할아버지야.
자기를 기사라고 생각하고 있어.
할아버지에게 장난을 해볼까?'

여관 주인은 돈키호테에게 말했어.

"그래, 좋다. 내가 너를 기사로 인정해 주겠다."

"정말 감사합니다! 저도 이제 기사가 되었으니 세상을 여행하면서 가난한 사람들, 힘들어하는 사람들을 돕겠습니다!"

돈키호테는 다시 여행을 떠났어.

길을 가다가 돈키호테는 여행하는 남자를 만났어.

돈키호테는 남자에게 말했어.

"나는 여행을 하고 있는 기사야.

내가 모시는 아가씨는 둘시네아라고 하네.

정말 아름다운 아가씨야."

"둘시네아가 아름답다고? 거짓말하지 마!"

"둘시네아 아가씨가 아름답지 않다고? 당장 사과해!"

돈키호테는 화를 내다가 말에서 떨어졌어.

돈키호테는 갑옷이 무거워서 일어나지 못했어.

남자는 쓰러진 돈키호테를 마구 때리고 가버렸어.

돈키호테는 길에 쓰러져 있었어.
길을 가던 농부가 돈키호테를 발견했어.
농부는 깜짝 놀랐어.

"알론소 아닌가요? 괜찮아요?
집으로 데려다줄게요."

돈키호테는 집에 도착해서 치료를 받았어.
돈키호테가 다쳤다는 이야기를 듣고 친구들이 찾아왔어.
돈키호테의 친구들은 걱정했지.

"알론소는 자기를 돈키호테라는 기사라고 생각하고 있어.
기사 소설을 너무 많이 읽어서 정신이 이상해졌어."

"알론소가 기사 소설을 읽지 못하게 해야 해."

친구들은 돈키호테 몰래

기사 소설 책을 불태웠어.

"기사 소설을 읽지 않으면

알론소도 다시 괜찮아질 거야."

"알론소가 자기를 돈키호테라고 생각하지

않아야 할 텐데…"

며칠이 지나고 돈키호테는 깨어났어.

돈키호테는 아직도 자기를 기사라고 생각했지.

돈키호테는 다시 기사 여행을 하려고 했어.

돈키호테는 마을을 돌아다니다가
산초라는 농부를 만났어.
돈키호테는 산초에게 말했어.

"나는 돈키호테라는 기사다.
나는 기사 여행을 하려고 한다.
네가 나를 도와주면
내가 왕이 될 때 너에게 섬을 주겠다.
나와 함께 여행을 가자."

"정말입니까?
기사님을 따라서 여행을 가겠습니다!"

돈키호테는 산초와 함께 여행을 했어.
여행을 하다가 풍차가 많은 마을에 도착했어.
그때 돈키호테가 산초에게 소리쳤지.

"산초, 저기를 봐라!
거인들이 있다!"

"저게 거인이라고요?"

산초는 돈키호테에게 말했어.

"기사님, 거인이 아니라 풍차입니다!"

하지만 돈키호테는 산초의 말을 듣지 않았어.
돈키호테는 풍차를 공격하러 달려갔지.

"이야앗! 내가 거인을 무찌르겠다!"

돈키호테는 풍차로 달려가서 창을 휘둘렀어.
하지만 돈키호테는 풍차의 날개에 맞아 쓰러졌지.
산초는 돈키호테에게 달려갔어.

"기사님, 괜찮으세요?
풍차라고 말했잖아요."

"너는 모르면 조용히 해라.
마법사들이 마법을 부린 거야.
거인을 풍차로 바꾼 거라고!"

산초는 한숨을 쉬었어.
산초는 돈키호테에게 말했어.

"기사님, 알겠어요.
일단 여관으로 가서 쉬어요."

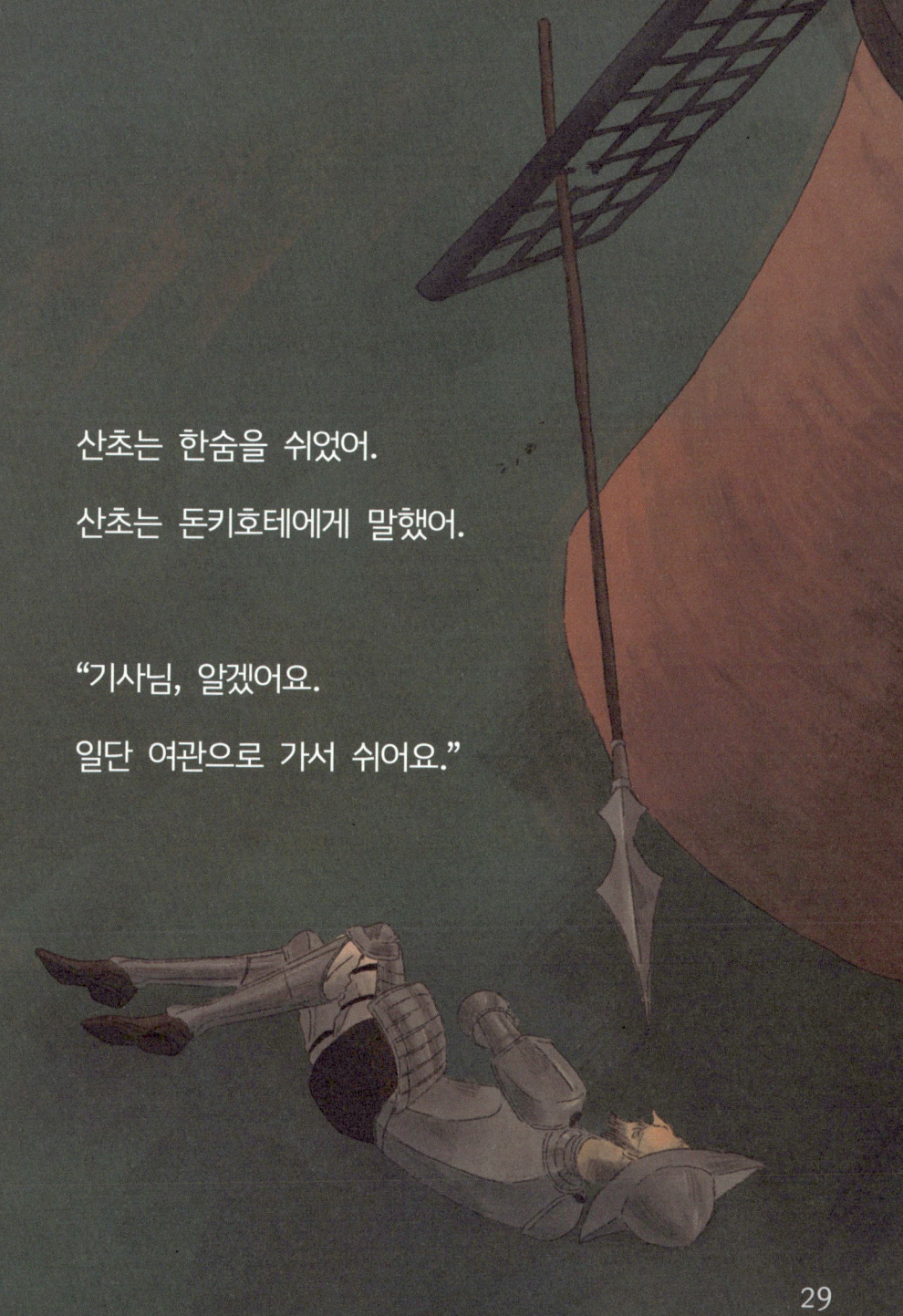

돈키호테와 산초는 여관으로 갔어.

돈키호테는 방에서 잠을 자고 있었어.

여관에서 일하는 남자 직원의 방이었지.

늦은 밤이었어.
어떤 여자가 방에 들어왔어.
여관에서 일하는 여자 직원이었지.
여자 직원은 남자 직원을 만나러 왔어.

그때 돈키호테가 잠에서 깼어.

돈키호테는 여자 직원을 보고 손을 잡고 말했어.

"오, 둘시네아 아가씨로군요.

나를 보러 와주셨군요."

"왜 이러세요? 손을 놔주세요."

그때 남자 직원이 방에 도착했어.
남자 직원은 돈키호테에게 화를 냈어.

"지금 누구 손을 잡고 있는 거야!"

남자 직원은 돈키호테와 싸웠어.
돈키호테는 남자 직원에게 맞아서
또 다치고 말았어.

다음 날 돈키호테는 상처를 치료하려고 약을 만들었어.

소금과 쑥, 포도주를 섞어서 만들었지.

돈키호테는 산초에게 말했어.

"이건 피에라브라스라는 약이야.

이 약을 마시면 몸이 금방 나을 거야."

돈키호테는 약을 마셨어.

그리고 산초에게 말했어.

"나를 봐라. 약을 마시니까 몸이 금방 다 나았지!"

"정말 대단한 약이군요.

저도 약을 마시게 해주세요."

산초도 약을 마셨어.

하지만 산초는 이상했어.

약을 먹으니까 토를 할 것 같았어.

"기사님, 배가 너무 아파요."

돈키호테는 산초에게 말했어.

"산초, 너는 기사가 아니라서
약을 먹어도 효과가 없는 거야."

돈키호테는 다시 여행을 하려고
여관을 떠나려고 했어.
그때 여관 주인이 돈키호테에게 말했어.

"어제 잠을 잤으니까 돈을 내세요."

돈키호테는 화를 냈어.

"여기는 성이 아니었나? 돈을 내라고 하니 사기를 당한 기분이다.

나는 기사다. 기사 소설을 보면 기사들은 성에서 잤다고 돈을 내지 않는다. 그러니 나도 돈을 내지 않겠다."

돈키호테는 말을 타고 가버렸어.

돈키호테는 여관을 떠나고

여관 주인과 직원들은 화가 났어.

"정말 이상한 사람이야.

왜 돈을 안 내겠다는 거야?"

"돈키호테와 같이 다니는 사람이 있었어."

"이름이 산초였어."

"좋아, 산초에게 돈을 받아내자."

여관 주인은 산초를 붙잡아서 괴롭혔어.

산초가 가지고 있는 돈도 빼앗았어.

산초는 겨우 여관에서 나올 수 있었어.

돈키호테와 산초는 여관을 떠나서
계속 여행을 했어.

어느 날, 돈키호테와 산초는 양떼 목장에 도착했어.
양들이 정말 많았어.

돈키호테는 양을 공격해서 죽였어.
양치기들은 화가 났지.
양치기들은 돈키호테에 돌을 던졌어.

"미친 사람 같아. 왜 양을 죽이는 거야?"

"양을 괴롭히지 마라!"

돈키호테는 돌에 맞아서 또 다쳤어.
돈키호테는 산초와 함께 도망쳤어.

돈키호테와 산초는 급하게 도망가다가 길을 잃었어.

밤이 되어도 계속 산길을 걸었지.

산초는 너무 배가 고팠어.

"오늘 음식을 먹지 못하고 있어요.

기사님, 이제 쉬고 싶어요."

그때 햇불을 들고 다니는 사람들이 보였어.
돈키호테는 또 창을 들고 달려갔어.

"수레에 죽은 기사가 있다니.
너희들이 기사를 죽인 거구나!
내가 기사의 복수를 하겠다.
나의 공격을 받아라!"

돈키호테가 공격하려고 해서
사람들은 깜짝 놀랐어.
어떤 사람은 말에서 떨어지고 말았어.
다른 사람들은 모두 도망갔지.

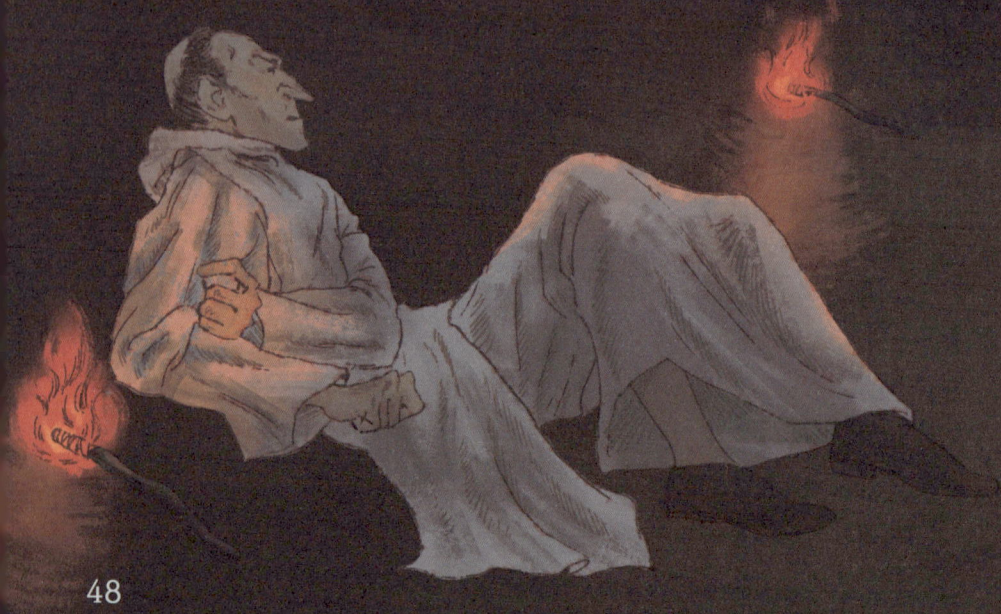

사람들은 도망가면서 음식을 놓고 갔어.

빵이 가득 들어 있는 가방도 있었지.

산초는 기뻐하면서 바닥에 떨어진 빵들을 챙겼어.

돈키호테는 말에서 떨어진 사람에게 말했어.

"항복하지 않으면 죽이겠다."

말에서 떨어진 사람은 돈키호테에게 말했어.

"당신이 기사라면 나를 살려 주세요.
수레에는 병에 걸려서 죽은 기사가 있습니다."

"밤이라서 내가 잘못 보았군요.
당신들이 나쁜 사람인 줄 알았어요. 미안해요."

산초도 말했어.

"누가 당신을 공격했다고 물어보면
돈키호테 데 라만차라는 기사라고 말해요.
슬픈 얼굴의 기사라고요."

돈키호테와 산초는 계속 여행을 했어.

어떤 마을에 도착했는데 비가 내리고 있었어.

마을 사람은 비를 막으려고

세숫대야를 머리에 들고 뛰고 있었어.

돈키호테는 마을 사람을 보고 소리쳤어.

"산초, 저 모자를 봐라.
저게 황금 투구야!"

돈키호테는 남자에게 다가가서 말했지.

"황금 투구를 걸고
나와 결투하자!
이기는 사람이
황금 투구를 가지는 거다!"

돈키호테가 소리치자 마을 사람은 깜짝 놀랐어.
마을 사람은 세숫대야를 놓치고 달아났어.

돈키호테가 세숫대야를 주워서 머리에 썼어.

돈키호테는 말했어.

"산초, 이 황금 투구를 봐. 멋있지?"

돈키호테는 세숫대야를 모자처럼 쓰고 계속 여행을 했어.

어느 날이었어.

돈키호테는 길을 걷다가 수첩과 돈을 발견했어.

돈키호테는 수첩을 펼쳐 보았지.

돈키호테는 수첩을 읽고 말했어.

"정말 아름다운 사랑 이야기가 적혀 있구나.
수첩 주인은 아름다운 사랑을 했을 거야."

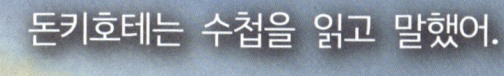

돈키호테와 산초는 수첩과 돈을 들고 길을 걸었어.

그때 어떤 남자가 길거리에 앉아 있었어.

남자는 슬퍼 보였어.

돈키호테는 남자에게 말했어.

"혹시 당신이 수첩 주인인가요?"

"네, 맞아요. 나는 여자친구가 있었어요.
그런데 여자친구가 다른 남자와
결혼하게 되었어요.
나는 너무 슬퍼서
어떻게 해야 할지 모르겠어요."

돈키호테는 남자의 이야기를 듣고 감동을 받았어.

'나에게도 둘시네아 아가씨가 있지.
둘시네아 아가씨는 지금 무엇을 하고 있을까?
둘시네아 아가씨에게 편지를 써야겠어.'

돈키호테는 편지를 쓰고 산초에게 말했어.

"산초야, 이 편지를 둘시네아 아가씨에게 전달해 주거라."

산초는 편지를 주러 떠났어.

산초는 길을 걷다가 돈키호테의 친구들을 만났어.
산초는 말했어.

"돈키호테 기사님의 친구분들이죠?"

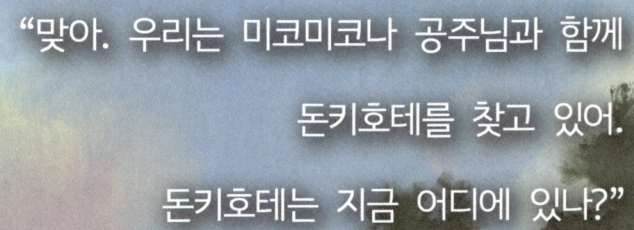

"맞아. 우리는 미코미코나 공주님과 함께
돈키호테를 찾고 있어.
돈키호테는 지금 어디에 있나?"

공주는 산초에게 말했어.

"지금 저희 왕국이 위험해요.
돈키호테라는 기사의 도움이 필요해요."

"알겠습니다.
모두 저를 따라오세요."

산초는 공주와 친구들을 데리고
돈키호테에게 갔어.

공주는 돈키호테에게 말했어.

"안녕하세요, 돈키호테 기사님.
저는 미코미코나 공주예요.
나쁜 거인이 저희 왕국을 공격하고 있어요.
저희 왕국을 도와주세요."

"공주님, 제가 거인과 싸워서
왕국을 구하겠습니다."

사실 공주는 거짓말을 했어.
공주가 아니라 농부의 딸이었지.
진짜 이름은 도로테아였어.
도로테아는 돈키호테를 집으로 데려가려고
거짓말을 한 거였어.

돈키호테는 도로테아에게 속아서
사람들과 함께 왕국을 구하러 갔어.
어느 날, 사람들은 쉬려고 여관에 들렀어.

그날 밤이있어. 사람들이 쉬고 있는데 창고에서 시끄러운 소리가 들렸어.
사람들은 창고로 달려갔지.
창고에는 돈키호테가 있었어.

"덤벼라 거인들아!"

돈키호테는 포도주 가방을 칼로 찢었어.
바닥에는 포도주가 흘러넘쳤지.
여관 주인은 화가 났어.

"저 사람은 지금 무슨 짓을 하는 거야?"

돈키호테의 친구들은 돈키호테를 보고 걱정했어.

"돈키호테를 빨리 집으로 데려가야 해."

"우리가 도둑으로 변장을 하자.
돈키호테가 잠을 잘 때 납치해서 데려가자."

돈키호테의 친구들은 천으로 얼굴을 가렸어.
밤에 돈키호테가 자고 있는 방에 들어갔지.
돈키호테의 손과 발을 묶어서 데리고 나갔어.

돈키호테의 친구들은 돈키호테를 마차에 실었어.
그리고 집으로 떠났어.
산초도 급히 따라 나왔어.

돈키호테는 집에 도착해서 한 달 동안 쉬었어.
하지만 돈키호테는 생각했어.

'나는 기사 돈키호테야.'

며칠이 지나고 돈키호테는 산초와 함께

다시 여행을 떠났어.

돈키호테는 말했어.

"나는 기사야. 여행을 하면서

세상을 돌아다니다가 죽을 거야."

돈키호테가 여행을 하는데
길에서 기사를 만났어.
하얀색 갑옷을 입은 기사였지.
투구를 써서 얼굴도 보이지 않았어.

기사는 돈키호테에게 말했어.

"나는 하얀달 기사다.
돈키호테, 나와 결투를 하자!"

"좋다. 기사는 결투를 거절하지 않는다.
결투를 시작하자!"

돈키호테는 하얀달 기사와 결투를 했어.

하지만 하얀달 기사가 훨씬 강했어.

돈키호테는 창을 제대로 휘두르지도 못했어.

돈키호테는 결투에서 지고 말았어.

하얀달 기사는 돈키호테에게 말했어.

"돈키호테, 이제 기사를 그만두게.
그리고 집으로 돌아가."

돈키호테는 힘없이 말했어.

"알겠네."

하얀달 기사는 사실 돈키호테의 친구였어.
친구는 돈키호테가 걱정되었어.
돈키호테가 기사를 그만두게 하려고
결투를 한 거였어.

돈키호테는 다시 집으로 돌아왔어.

돈키호테는 마음이 아팠어.

'이제 기사를 그만둬야 하는구나.'

결국 돈키호테는 병이 났어.

산초와 친구들은 돈키호테가 걱정되었어.
산초는 말했어.

"기사님, 빨리 일어나세요.
우리 함께 다시 여행을 떠나요."

그때 돈키호테가 깨어났어.

돈키호테는 산초와 친구들에게 말했어.

"다들 나를 지켜줘서 고마워요."

돈키호테는 계속 말했어.

"내가 기사 소설을 많이 읽어서 미쳤던 것 같습니다.
이제 나는 정신을 차렸어요.
나는 돈키호테가 아니에요.
나는 알론소예요."

그리고 돈키호테는 눈을 감았어.

PEACH
MARKET